僧淡

幽韵雅集·古诗词选

白云常伴老僧闲

张逸尘 编著

陕西新华出版传媒集团
太白文艺出版社

图书在版编目（CIP）数据

僧淡 ：白云常伴老僧闲 / 张逸尘编著 . -- 西安 ：
太白文艺出版社，2020.8
（幽韵雅集·古诗词选 / 李路主编）
ISBN 978-7-5513-1851-8

Ⅰ. ①僧… Ⅱ. ①张… Ⅲ. ①古典诗歌－诗集－中国
Ⅳ. ①I222

中国版本图书馆 CIP 数据核字（2020）第 080299 号

僧淡：白云常伴老僧闲
SENGDAN:BAIYUN CHANGBAN LAOSENG XIAN

主　　编　李　路
作　　者　张逸尘
责任编辑　李明婕　张　鑫
装帧设计　钟文娟　刘昌凤
出版发行　陕西新华出版传媒集团
　　　　　太白文艺出版社
经　　销　新华书店
印　　刷　河北环京美印刷有限公司
开　　本　787mm × 1092mm　1/32
字　　数　76 千字
印　　张　6.5
版　　次　2020 年 8 月第 1 版
印　　次　2020 年 8 月第 1 次印刷
书　　号　ISBN 978-7-5513-1851-8
定　　价　49.80 元

联系电话：029-81206800
出版社地址：西安市曲江新区登高路 1388 号（邮编：710061）
营销中心电话：029-87277748　029-87217872

总序

行幽韵之事，博雅趣之长

李路

有书云：香令人幽，酒令人远，茶令人爽，琴令人寂，棋令人闲，剑令人侠，杖令人轻，麈令人雅，月令人清，竹令人冷，花令人韵，石令人隽，雪令人旷，僧令人淡，蒲团令人野，美人令人怜，山水令人奇，书史令人博，金石鼎彝令人古。

说尽世间之『韵』事也。

古典诗词蕴含着中华民族千年文化的基因，从中国诗歌的滥觞《诗经》开始，绵延不绝，形成了楚辞、唐诗、宋词、元曲等一座座高峰。这些跨越千年的文字，如那亘古沉静的璀璨星辰，点亮中华文明的发展历程，使之流光溢彩、熠熠生辉。

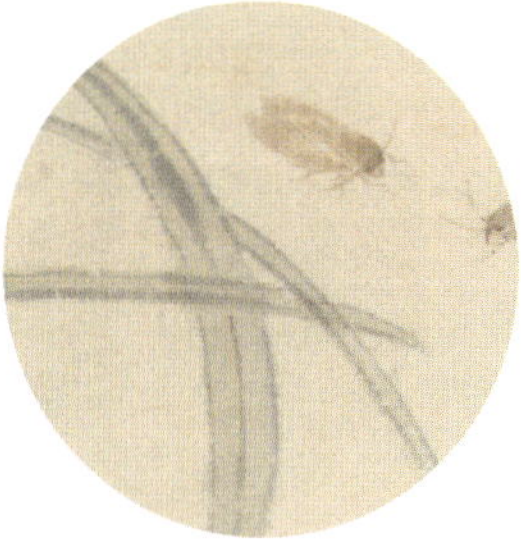

曾几何时，我们跟随苏子瞻共吟『莫听穿林打叶声，何妨吟啸且徐行。竹杖芒鞋轻胜马，谁怕？一蓑烟雨任平生』，千古洒脱、百世豁达；跟随李太白同问『青天有月来几时，我今停杯一问之』，豪放俊迈、浪漫飘逸；跟随王摩诘共奏『独坐幽篁里，弹琴复长啸』，诗卷漫天，物我两忘；跟随李易安同叹『醉里插花花莫笑，可怜春似人将老』，真挚庄雅，婉丽哀伤；跟随纳兰容若共愁『西风多少恨，吹不散眉弯』，哀感顽艳，格高韵远……这些熟悉的文字，勾勒出一圈圈唯美的时光年轮，伴随我们安静地与岁月对话。

古人善雅事，『纸帐梅花，休惊他三春清梦；笔床茶灶，可了我半日浮生』『灯下玩花，帘内看月，雨后观景，醉里题诗，梦中闻书声，皆有别趣』。

据此，择香、酒、茶、琴、棋、剑、杖、麈、月、竹、花、

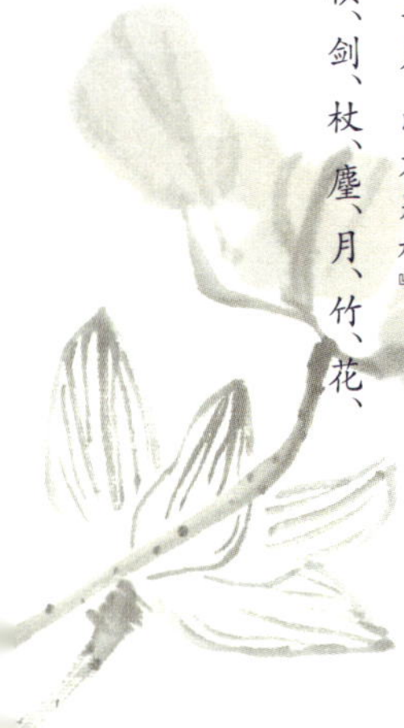

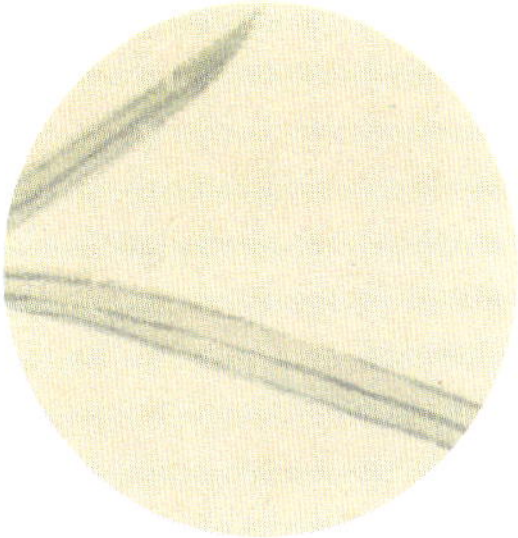

石、雪、僧、美人、山水、书史、金石相应清诗雅词，辑为小集，名『幽韵雅集』，行幽韵之事，博雅趣之长。让我们在这些文字中赏松阴花影的静谧，山月美人的清魂，拨弦烹茶的惬意，采菱秋水的灵动。听琴声悠扬，行笔墨流转，品人间雅趣。

三千年来的古诗词，浩如烟海，编者在辑选过程中，以意境美、文字美、韵律美为择选的标准。在鉴赏时，不求全析，只求共鸣，用感发人心的淡美文字对其解析。

本辑精选齐白石、吴湖帆、溥儒、石涛、傅抱石、黄宾虹、于非闇、陈少梅、张石园、吴昌硕等大师的绘画作品，文、图、鉴意境融合，辉映共生。

同时，编者严选底本，精心校注，展现经典本来的面貌。

在编排过程中，本辑提取诗词名字的首字部首，

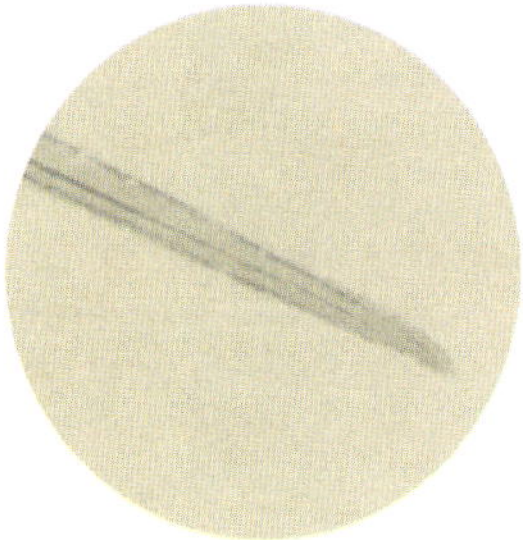

并依据《汉字部首表》，按照笔画数由少到多的次序进行排序。但因编排体例的限制，笔画数相同的以及起笔笔形相同的，不再遵循横（一）、竖（丨）、撇（丿）、点（丶）、折（乛）的顺序排列，而按照各诗词不同意境依次排序。

因能力有限，在成书过程中，未免有鲁鱼亥豕之讹，敬请各位读者不吝指正。

二〇二〇年五月

自序

『三楚白云生佛手，九江寒月照禅心。』

一位僧人从云端走来，他双手合十，阳光普照。你能看到他周身散发的佛光，也能嗅到那一缕檀香；你能看到他背后的静谧，也能看到他漫步山中的烟火气息；你能看到他在花下与人饮茶对棋，也能看到他月下对影成三人。

僧诗的兴起，是跟随佛教文化和唐朝诗歌的繁荣一起来的。唐朝是佛教文化在中国发展的繁荣时期。这一时期，官方为了佛教的传播与推广，投入颇多。甚至专门设置了翻译佛经的机构，譬如慈恩寺的建造，即是为了翻译玄奘由天竺取来的『真经』。武周时期，更是不惜人力物力，继续佛教石窟的开凿。

宋元以降，佛教开始了与中国传统文化的融合之路。儒、释、道三家文化开始混合杂糅，宋明理学中

能看出不少对佛教文化不同程度的吸收。当时的士人对佛教文化的认识已然达到了一定的水准，一些当时的文人墨客甚至自己便是佛教信徒。

佛教文化在官方如此大力的推崇之下，如润物无声之春风，吹进了寻常百姓家，也吹进了笔下生花的大文豪的别墅里。他们闲暇采风的灵感也从白云深处的人家过渡到了山水之间的佛寺，于是，他们的诗词便从『晓峰如画参差碧，藤影风摇拂槛垂』的山野乡村游荡到了『一老犹鸣日暮钟，诸僧尚乞斋时饭』的大雄宝殿。

我们姑且在这里选上一些颇有禅机的，有关僧人、寺院的诗词，希望你能一品其中的佛语。

二〇二〇年五月

目录

·一笔画·

一

再至和前韵／陆容 七

三学院／王投 八

正月十八夜／晏殊 九

正觉僧榻／艾性夫 一〇

与僧话旧／刘沧 一一

奉陪韦润州游鹤林寺／李嘉祐 一三

奉和鲁望同游北禅院／皮日休 一四

丨

内道场僧弘绍／贾岛 一五

乛

书普慈长老壁（志诚）／苏轼 一六

·二笔画·

亠

离临安舟中有怀山薮朱文之子聊作五绝以寄·选一／史尧弼 一七
六言／陆游 一八

十

华亭院僧房／陆游 二〇

亻

偈颂七首·其三／释师一 二一
僧影／韩偓 二三
偶书／黄庚 二四
偈二十二首·选一／释洵 二五

人

念奴娇·孝陵／郑燮 二六
念奴娇·高座寺／郑燮 二八
念奴娇·和诚斋休致韵／刘克庄 三〇

又

又和游光睦院／徐铉 三二
劝僧酒／皇甫松 三三
戏赠灵澈上人／吕温 三四

冖。

冥鸿阁即事四首·选一／白玉蟾 三五

讠。

试笺／邓允端 三六

读书台／谢谔 三七

门。

同友人游黄山／汤宾尹 四〇

冫。

减字木兰花·赐玄悟玉禅师／完颜雍 四一

减字木兰花·和完颜雍词／玄悟玉 四二

卩。

即事／曾几 四三

大。

大觉高僧兰若／杜甫 四五

头陀寺观王简栖碑有感／陆游 四六

太白胡僧歌／岑参 四七

·三笔画·

山。

山居诗／释延寿 五〇

山东兰若遇静公夜归／唐求 五一

山僧兰若／顾况 五二
山居杂言／王安石 五三
岁暮／张耒 五四

六。

寄当阳袁皓明府／杨夔 五五
寒食寄郑起侍郎／杨徽之 五六
寄许浑秀才／殷尧藩 五七
宿山寺／项斯 五八
寒食访僧／郑文宝 五九
寄钱郎中／法照 六〇
宿普圆寺二首·选一／赵企 六一
宿夹江寺／方孝孺 六二
宿天界寺／王思任 六三
宿真庆庵／唐肃 六四
寄东塔僧／杜牧 六五
宿白盖峰寺寄僧／温庭筠 六八
寄振上人无碍寺所居／皇甫冉 六九
宿北山禅寺兰若／刘长卿 七〇
宿半塘寺／赵与訔 七一
宿僧寺／郑伯玉 七二
寄卫明府常见短靴褐裘又务持诵是以有末句之赠／司空曙 七三
宿僧院／赵嘏 七四
宿巾子山禅寺／任翻 七五

七。

送童子下山／金地藏 七六
道林寺／裴说 七七
送乐平苗明府／司空曙 七八

送无著禅师归新罗／法照　七九
送僧归严陵／郯韶　八〇
述意／陆游　八一
送僧之京师／皎然　八四

氵。

渔家傲·灯火已收正月半／王安石　八五
游庐山／范仲淹　八六
游黄山次韵／程元岳　八七
渔父词·亮公／惠洪　八八
浪淘沙·山寺夜半闻钟／辛弃疾　八九
汉阳晚泊／杨徽之　九〇
湖上夜赋／陆游　九一
游岳麓寺／李东阳　九二
沁园春·题像／张肯　九三
满江红·游南岩和范廓之之韵／辛弃疾　九五
湖上梅花／陆承宪　九七
浪淘沙·纸帐素屏遮／刘克庄　九八

夂。

冬日旅怀／罗邺　九九
冬日峡中旅泊／刘言史　一〇〇

艹。

菩萨蛮·平生只被今朝误／陈义　一〇一
苏幕遮·秦渡坟院主僧觅／王哲　一〇二

忄。

忆南中／谭用之　一〇三

悼朝云／苏轼 一〇四

饣

饭覆釜山僧／王维 一〇五

氵

将赴吴兴登乐游原一绝／杜牧 一〇七

巳

巽公院五咏·禅堂／柳宗元 一〇八

纟

绝句三首·其二／苏轼 一〇九

·四笔画·

心

惠山寺与子羽话别／华察 一一〇

感兴四首·其三／吴龙翰 一一一

月

月林僧舍／许相卿 一一二

木

柳州开元寺夏雨／吕本中 一一三

爫。
采桑子·题焦山僧房／孙枝蔚 一一四

攵。
故人寄茶／曹邺 一一五

长。
长安夜访澈上人／李郢 一一六
长安道上醉归／袁中道 一一七
长安逢江南僧／崔涂 一一八

贝。
赠休粮僧／崔涂 一二〇
赠苦行僧／雍裕之 一二一
赠箕山僧／张籍 一二二

日。
晚过狮子林兰若／姚道衍 一二三
晚思／汤珍 一二四
早春题僧舍／秦观 一二五
早秋寺居酬张侍御六韵见寄／喻凫 一二六
春江对雪／杨基 一二七

灬。
点绛唇·小院新凉／纳兰性德 一二八

龵。
看云／齐己 一二九

·五笔画·

衤

初秋夜坐／赵雍　一三〇

白

白岩僧舍／徐照　一三二

白衣寺／郑会　一三三

禾

秋夕寄怀契上人／皇甫曾　一三四

秋夕／张乔　一三五

秋郭小寺／张治　一三六

和宿硖石寺下／赵抃　一三七

和简叔／孙应时　一三八

和乐天早寒／刘禹锡　一三九

和赠和龙妙空禅师／夏鸿　一四〇

龙

龙华山寺寓居十首·其二／王之望　一四一

甘

甘露寺／孙鲂　一四二

石

碧湘门／陶弼　一四三

破山寺／黄克晦　一四四

鸟

鹧鸪天·次姜御史韵／魏初　一四五

癶

登雪窦僧家／方干　一四六
登山／李涉　一四七
登凤林寺钟楼作／蓝智　一四八
登岱四首·其四／赵鹤　一四九

·六笔画·

自

自和山房十咏·选一／李曾伯　一五〇

页

题崇福寺禅院／崔峒　一五三
题远公经台／祖咏　一五四
题长安酒肆壁三绝句／钟离权　一五五
题甘露寺／曹松　一五八
题紫微山上方／章孝标　一五九
题山寺／杨衡　一六〇
题月山寺壁三首·选一／李处权　一六一
题法院／常建　一六二
题清镜寺留别／陈羽　一六三
题山僧水阁／施肩吾　一六四
题兴化高田院桥亭／郑良士　一六五

题清上人／司马扎 一六八
题招提院静照堂／李大临 一六九
题禅定寺集公竹院／鲍溶 一七〇
题大禹寺义公禅房／孟浩然 一七一
题虔僧室／唐彦谦 一七二
题龙门僧房／刘沧 一七三
题灵岩寺／陈汝言 一七四
题云际寺准上人房／李端 一七五
虍○
虞美人·听雨／蒋捷 一七六
·七笔画·
酉○
酬别襄阳诗僧少微／皎然 一七七
·八笔画·
金○
金陵十二钗正册——惜春／曹雪芹 一七八
雨○
雨夜／张咏 一七九

雷峰少憩／陈允平 一八〇
霅山和丹岩晚春韵十首·其十／卫宗武 一八一

僧淡

白云常伴老僧闲

白石老人作
自造稿

僧淡

老萍

僧令人淡

◎再至和前韵

〔明〕陆容

此度停桡入梵宫，橘花香里坐薰风。
闲心颇为江山夺，实理元非梦幻空。
云隐小窗禅榻静，日斜深殿佛灯红。
留题欲和鸿泥句，谁复才情似长公。

◎陆容，明代文人，字文量，号式斋。著有《世摘录》《式斋集》《菽园杂记》。

◎抛却万钧江山，独坐小禅房，看云卷云舒。不觉间，天幕落下，唯大殿深红，佛光普照。

◎三学院

【宋】王投

精蓝本是真人宅，叠嶂今名释子山。
绿树不妨丹鹤下，白云常伴老僧闲。
无风叶任秋蝉◎翳（yì），积雨庭多石藓斑。
儒客坐来除俗态，暮钟飞出望归还。

◎王投，宋代诗人，今存诗二首。

◎你从山峦中来，又在烟云中神隐。禅寺的大殿前还有青苔爬过，小生在香房中已度过一个轮回。能否问一问高僧，何日归来？

◎正月十八夜

〔宋〕晏殊

槿户茅斋雅自便，京华风味入新年。
楼台冷落收灯夜，门巷萧条扫雪天。
疾酒不闻花外漏，放朝仍得日高眠。
何妨静习闲中趣，欲问林僧结净缘。

◎晏殊，宋代文学家，字同叔，一生仕途得意，官至兵部尚书。

◎一岁一夕，酒盏高挂，何处寻觅续香处？日上三竿，忽然闻得一袭清香味，原来是隔壁禅房茗香。

◎ 正觉僧榻

[元] 艾性夫

赞公分半榻，卧近竹西楼。

四壁寒蛩夜，一山黄叶秋。

梦随三鼓动，月尚半窗留。

零乱芭蕉影，禅衣烂不收。

◎ 艾性夫，元代诗人，字天谓，著有诗集《孤山晚稿》。

◎ 夜半枫叶竹影散乱，寒风钻进袈裟。一夜难眠，孤光洒旧衫。

与僧话旧

［唐］刘沧

巾舄(xi)同时下翠微，旧游因话事多违。
南朝古寺几僧在，西岭空林唯鸟归。
莎径晚烟凝竹坞，石池春色染苔衣。
此时相见又相别，即是关河朔雁飞。

◎刘沧，唐代诗人，字蕴灵，一生仕途坎坷，白发时方及第。

◎本想观游风景，怎奈遇僧友，话里全是南朝古寺。青鸟已归林，已到别时。想再见，恨不能关山飞渡，伴雁行。

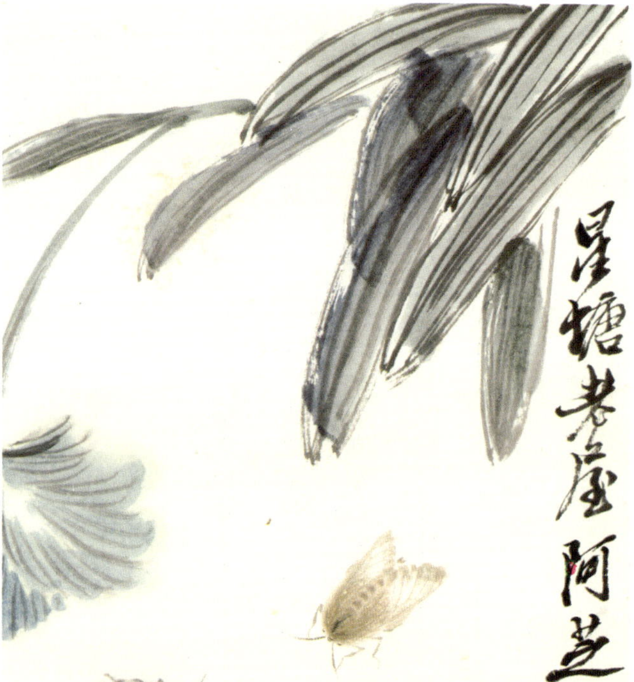
星塘老屋阿芝

◎奉陪韦润州游鹤林寺

【唐】李嘉祐

野寺江城近，双旌五马过。
禅心超忍辱，梵语问多罗。
松竹闲僧老，云烟晚日和。
寒塘归路转，清磬隔微波。

◎李嘉祐，唐代诗人，字从一。著有《李嘉祐诗》。

◎一缕烟霞飘来，天色渐晚，竹影间倒映着老僧的影子。试问，如何才能修炼出一颗禅心，来经受寒塘的考验呢？

◎奉和鲁望同游北禅院

【唐】皮日休

戚历杉阴入草堂，老僧相见似相忘。
吟多几转莲花漏，坐久重焚柏子香。
鱼惯斋时分净食，鸽能闲处傍禅床。
云林满眼空羁滞，欲对弥天却自伤。

◎皮日休，唐代文学家，字袭美，号鹿门子。著有《皮子文薮》。

◎故地重游，老住持却将我相忘。正自黯然伤神，却有信鸽分走一半床。沐着檀香，连忧伤都染了禅意。

◎内道场僧弘绍

［唐］贾岛

麟德燃香请，长安春几回。
夜闲同像寂，昼定为吾开。
讲罢松根老，经浮海水来。
六年双足履，只步院中苔。

◎贾岛，唐代诗人，字阆仙，人称诗奴，自号碣石山人。一生仕途不得意，靠诗作抒发苦闷。

◎老僧观过长安春花盛开的模样，也看过深山的贝叶。踩过竹林的腐土，也踏过海上的巨浪。夜如同化不开的忧愁，将我的双履染上青苔。

◎书普慈长老壁（志诚）

【宋】苏轼

普慈寺后千竿竹，醉里曾看碧玉缘。
倦客再游行老矣，高僧一笑故依然。
久参白足知禅味，苦厌黄公聒昼眠。
惟有两株红杏叶，晚来犹得向人妍。

◎苏轼，宋代文学家，字子瞻，号东坡居士。仕途曲折，因“乌台诗案”被贬。

◎携酒与友故地重游，竹林犹在，枫叶如故。又怎知，温旧梦，看山还厌雀噪，禅心已矣。

◎离临安舟中有怀山薮朱文之子聊作五绝以寄·选一

【宋】史尧弼

无赖南风怒客船，
梦魂惊撼不成眠。
何当月白虚窗夜，
仍复论文更说禅。

◎史尧弼，宋代诗人，字唐英。著有《莲峰集》。

◎夜风怒号，摇晃着小生的小舟。从梦魇中逃离，月儿在眼前虚晃。友人问起，轻笑摇头，只说了悟禅机。

◎六言

［宋］陆游

风细飞花相逐，
林深啼鸟移时。
客至旋开新茗，
僧归未拾残棋。

◎陆游，宋代诗人，字务观，号放翁。越州山阴人。善于作词，尤长于诗。

◎花瓣追逐着鸟儿，柔风吹过，一阵清香拂面，僧友来归，相谈甚欢，遗落了那不知何时的棋枰。

悠悠马上困思茶，
休歇僧房到日斜。

◎华亭院僧房

〔宋〕陆游

悠悠马上困思茶，
休歇僧房到日斜。
殿背无人绿钱满，
小盆零落珊瑚花。

◎大殿背过身去，零零散散沉睡了一地绣球。禅房内，卧榻上还有小生，半梦半醒间，只见那窗棂绰影，散落了一地夕阳。

◎偈颂七首·其三

【宋】释师一

破暑黄梅雨，
清神白乳茶。
万缘俱不到，
物外野僧家。

◎释师一，宋代高僧，号水庵。遗有《水庵一禅师语》。

◎帘外雨淅淅沥沥，帘内茶的香气已飘散整个禅房，什么是机缘呢，也许老僧的陋室中可以找寻一二。

◎僧影

【唐】韩偓

山色依然僧已亡，
竹间疏磬隔残阳。
智灯已灭余空烬，
犹自光明照十方。

◎韩偓，唐代诗人，字致尧。著有《香奁集》《玉山樵人集》。

◎那位得道高僧已然离开，竹林隔开了他的背影。华灯初上，他留下的禅依旧普照四方。

◎偶书

【宋】黄庚

老来惊岁晚，愁里度年华。
云冻天将雪，山寒梅未花。
晓窗留客饭，午寺觅僧茶。
归路江村暝，行行及暮鸦。

◎黄庚，宋代诗人，字星甫。著有《月屋漫稿》。

◎饮罢僧人烹好的茶，才发现天将要下雪。回去的路已被夜幕覆盖，寒鸦也归林了。

◎偈二十二首·选一

【宋】释洵

有佛处，不得住，
藕丝孔里行官路。
无佛处，急走过，
十字街头相对坐。

◎释洵，宋代高僧，在福州鼓山堂寺修行。

◎你行进在途，无论是大道、小路，佛现，佛隐，皆是佛陀的莲花之道。

◎念奴娇·孝陵

[清]郑燮

东南王气，扫偏安旧习，江山整肃。
老桧苍松盘寝殿，夜夜蛟龙来宿。
翁仲衣冠，狮麟头角，静锁苔痕绿。
斜阳断碣，几人系马而读。

闻说物换星移，神山风雨，夜半幽灵哭。不记当年开国日，元主泥人泪簇。蛋壳乾坤，丸泥世界，疾卷如风烛。老僧山畔，烹泉只取一掬。

◎郑燮，清代书画家，字克柔，号板桥，扬州八怪之一。曾官居县令，政绩斐然，晚年靠卖画为生。

◎陵前还有青苔湿，守陵的石人刚刚哭过。又是一夜凄风苦雨，潇潇然，换了人间。谁曾想这里有过金陵王气？只见那神道碑旁，一位老僧合掌经过。

◎念奴娇·高座寺

【清】郑燮

暮云明灭，望破楼隐隐，卧钟残院。

院外青山千万叠，阶下流泉清浅。

鸦噪松廊，鼠翻经匣，僧与孤云远。

空梁蛇脱，旧巢无复归雁。

可怜六代兴亡，生公宝志，绝不关恩怨。手种菩提心剑戟，先堕释迦轮转。青史讥弹，传灯笑柄，枉作骑墙汉。恒沙无量，人间劫数自短。

◎万钧江山，一朝倾倒山前。空余老僧披着破烂袈裟，手边尚有漏钵一个，无人可传。天道轮回一季，可怜菩提心，坠落山涧，无处可追。

◎念奴娇·和诚斋休致韵

【宋】刘克庄

此翁双手，顿闲处、且把香篝笼袖。
西掖北门辞不要，肯要南柯太守。
小小亭台，些些竹木，何必灵和柳。
地行仙里，合推侬做班首。

取次著绝交书，续归田录，谁掣先生肘。莫遣朝衣梅醭了，留祝南山之寿。苍妓上厅，老僧封院，得似樗庵叟。虚名身后，生前且一杯酒。

◎刘克庄，宋代诗人，字潜夫，号后村，系豪放派诗人。

◎想荷锄南山，从此追随老僧，青灯长念古佛。然，有青藤牵绊，惦念那一杯虚酒。只能眺望禅寺，梦里参一捧禅矣。

◎又和游光睦院

［宋］徐铉

寺门山水际，清浅照孱颜。
客棹晚维岸，僧房犹掩关。
日华穿竹静，云影过阶闲。
箕踞一长啸，忘怀物我间。

◎徐铉，宋代诗人，字鼎臣。与韩熙载齐名，人称韩徐。曾参与编撰《文苑英华》。

◎尺水之深，遗落小生一段旅程。至禅寺，已夕阳斜照，在竹叶和台阶前洒下一片金光。仰天长问，僧房何时开？

◎劝僧酒

[唐] 皇甫松

劝僧一杯酒，
共看青青山。
酣然万象灭，
不动心印闲。

◎皇甫松，唐代文人，字子奇，号檀栾子。著有《大隐赋》。

◎浪酒闲茶，醉与老僧谈寂灭，心有不动尊。

◎戏赠灵澈上人

【唐】吕温

僧家亦有芳春兴，
自是禅心无滞境。
君看池水湛然时，
何曾不受花枝影。

◎吕温，唐代法学家，字和叔。颇有政绩，世称吕衡州。

◎你看那老僧拂花影，一池春水绕指柔。观山是禅，观水亦是梵。

◎冥鸿阁即事四首·选一

[宋] 白玉蟾

腊雪飞如真脑子，
水仙开似小莲花。
睡云正美俄惊起，
且唤诗僧与斗茶。

◎白玉蟾，宋代道人，南宗宗派创始人。著有《海琼集》《道德宝章》等。

◎腊月的飞雪和水仙交织中，一道春雷闪过，劈坏了我的拂尘，贫道决定叫上隔壁的和尚饮茶作诗，压压惊。

◎试笺

【宋】邓允端

拨开宿火起炉烟，
留得余香伴夜禅。
落尽碧桃春不管，
东风却放柳飞绵。

◎邓允端，宋代诗人，字茂初。著有《涉江采芙蓉》等诗。

◎一夜檀香缠绵，还有几分不舍离去的云烟，似乎在诉说禅机。春风拂面，原是一团烟雾，谁还管那散落一地的春桃。

读书台

【宋】谢谔

莓苔点点路层层，此地分明胜概增。
天上楼台山上寺，云边钟鼓月边僧。
青松鹤弄筛金粉，实塔星垂见夜灯。
消尽尘襟三万斛，石床闲倚听残经。

◎谢谔，宋代诗人，字昌国，号艮斋。著有《圣学渊源》。

◎我走在云端，青鹤穿云而过，一刹那，万家灯火齐明。洗尽前尘，缓缓降落于仙台之上，早有藤萝缠绕，吹罢一世繁华。

绿树不妨丹鹤下，

白云常伴老僧闲。

◎同友人游黄山

【明】汤宾尹

冒雨穿山羡未曾，息肩无寺寺无僧。

宽围白浪身千叶，峭入青天手一藤。

龙吼药炉春急杵，猿调茶鼎煮孤灯。

与君伸脚量峰碛，踏着云光不记层。

◎汤宾尹，明代文人，字嘉宾，号睡庵，别号霍林。著有《睡庵文集》《宣城右集》《一左集》等。

◎我与友人穿云度月而来，眼前既没有僧也没有寺。踏出山门，却发现早已在云海之外。

◎减字木兰花·赐玄悟玉禅师

【金】完颜雍

但能了净。万法因缘何足问。
日月无为。十二时中更勿疑。
常须自在。识取从来无罣碍。
佛佛心心。佛若休心也是尘。

◎完颜雍，金朝第五位皇帝，字彦举，被誉为小尧舜。

◎何处可坐化？万物是尘，修习是尘，日月轮回终染尘。

◎减字木兰花·和完颜雍词

【金】玄悟玉

无为无作。认著无为还是缚。
照用同时。电卷星流已太迟。
非心非佛。唤作非心犹是佛。
人境俱空。万象森罗一境中。

◎玄悟玉，金代高僧，生平不详。

◎众生皆苦，万象皆苦，囿于执念亦是苦。比照本心，观自在，佛自在。

◎即事

[宋] 曾几

野寺山家两寂然，小窗下有白头禅。
微风不动炉烟直，永日方中树影圆。
隐几读书长竟夕，闭门觅句可忘年。
幸无驷马高车客，触忤幽人到眼边。

◎曾几，宋代诗人，字吉甫，号茶山居士。著有《茶山集》。

◎身藏在山间小庙中，面前是展开的书卷，案上是香炉的薰烟。

◎大觉高僧兰若

［唐］杜甫

巫山不见庐山远，松林兰若秋风晚。

一老犹鸣日暮钟，诸僧尚乞斋时饭。

香炉峰色隐晴湖，种杏仙家近白榆。

飞锡去年啼邑子，献花何日许门徒。

◎杜甫，唐代现实主义诗人。字子美，人称老杜。屡试不第，为躲避战乱入川，颠沛流离。

◎高僧远游尚未回归，正犹疑。钟声敲响了归家的旅途，暮色如烟，盖住了山寺所在。

◎头陀寺观王简栖碑有感

［宋］陆游

舟车如织喜身闲，独访遗碑草棘间。
世远空惊阅陵谷，文浮未可敌江山。
老僧西逝新成塔，旧守东归正掩关。
笑我驱驰竟安往，夕阳飞鸟亦知还。

◎石碑静静立在乱草中，字迹早已模糊不清。遥相望，新落成的塔顶，风铃声四起，似乎在召唤归人。我独自站在这旧景前，又不知几人笑我恋旧林。

◎太白胡僧歌

【唐】岑参

闻有胡僧在太白，兰若去天三百尺。
一持楞伽入中峰，世人难见但闻钟。
窗边锡杖解两虎，床下钵盂藏一龙。
草衣不针复不线，两耳垂肩眉覆面。

此僧年几那得知，手种青松今十围。
心将流水同清净，身与浮云无是非。
商山老人已曾识，愿一见之何由得。
山中有僧人不知，城里看山空黛色。

◎岑参，唐代边塞诗人，曾官任嘉州刺史，世称岑嘉州。曾先后两次出任安西节度使幕府掌书记，故诗多描写边塞。

◎何处才能见得这样的老僧？他身披云裟，口念楞伽。似乎有人看到他持杖而过，却空留满山黛青难追寻。

◎山居诗

〔五代〕释延寿

碧峤经年常寂寂，更无闲事可相干。
超伦每效高僧行，得力难忘古佛书。
落叶乱渠凭水荡，浮云翳月倩风除。
方知懒与真空合，一衲闲披憩旧庐。

◎释延寿，五代僧人，永明寺禅师，净土宗第六代祖师。

◎闲来翻读手边的古佛偈，耳边是流水挟裹着落叶流淌的寂静，天边一抹流云遮蔽了娇羞的月。抬头仰望，突然了悟了这俗世红尘。

◎山东兰若遇静公夜归

【唐】唐求

松门一径微，苔滑往来稀。
半夜闻钟后，浑身带雪归。
问寒僧接杖，辨语犬衔衣。
又是安禅去，呼童闭竹扉。

◎唐求，唐代诗人，人称一瓢诗人。

◎门扉大开，雪打湿了老僧归来的芒鞋。而后便是，一灯如豆，凡尘在禅定中超度飞散。

◎山僧兰若

［唐］顾况

绝顶茅庵老此生，
寒云孤木伴经行。
世人那得知幽径，
遥向青峰礼磬声。

◎顾况，唐代诗人，字逋翁，号华阳真逸。著有《华阳集》。

◎云顶外，一僧口念南无，合掌而行，走向那幽僻禅寺，从此云寂云灭，卷走了万年风雨。

◎山居杂言

【宋】王安石

法和衣钵过南华，正叶传师萃一花。
胜地雾迷淮水石，望星人指楚天涯。
数千松倚西山老，七百僧悲去路赊。
一片苍苔涅磐石，至今缭绕白云遮。

◎王安石，宋代政治家、文学家，字介甫，号半山。曾在出任宰相时推行新政，遭到反对而被罢相。

◎尚未见江南青山露出老态，便见一众僧人拥灯前行。白茫茫，迷云遮蔽前路，原是法师过莲华。

◎岁暮

【宋】张耒

岁暮无聊客，端居如坐禅。
薄霜犹衣夹，多雨急收田。
落日乌鸢集，晴林橘柚悬。
已无轩冕念，岑寂度残年。

◎张耒，宋代文学家，字文潜，号柯山。世称宛丘先生、张右史。著有《柯山集》。

◎在薄暮中看到归林的倦鸟，秋风萧瑟，几多探客来？转身安眠，榻上只有昔年的衲衣。

◎寄当阳袁皓明府

〔唐〕杨夔

高人为县在南京，竹绕琴堂水绕城。
地古既资携酒兴，务闲偏长看山情。
松轩待月僧同坐，药圃寻花鹤伴行。
百里甚堪留惠爱，莫教空说鲁恭名。

◎杨夔，唐代文学家、诗人，自号弘农子。著有《冗余集》。

◎携一壶好酒，与僧友同饮，有红尘也有拂尘。

◎寒食寄郑起侍郎

［宋］杨徽之

清明时节出郊原，寂寂山城柳映门。
水隔淡烟修竹寺，路经疏雨落花村。
天寒酒薄难成醉，地迥楼高易断魂。
回首故山千里外，别离心绪向谁言？

◎杨徽之，宋代诗人，字仲猷。曾参与编纂《文苑英华》。

◎禅寺在烟雨朦胧中影影绰绰，一壶薄酒难醉断魂。借这雨色，试问故山何处？

◎寄许浑秀才

〔唐〕殷尧藩

万木惊秋叶渐稀，静探造化见玄机。
眼前谁悟先天理，去后还知今日非。
树拥秣陵千嶂合，云开萧寺一僧归。
汉廷累下征贤诏，未许严陵老钓矶。

◎殷尧藩，唐代诗人，著有《忆江南》三十首。

◎落花秋雨，层峦叠嶂之间，一僧凭树而立，若有所思。

◎宿山寺

［唐］项斯

栗叶重重复翠微，黄昏溪上语人稀。
月明古寺客初到，风度闲门僧未归。
山果经霜多自落，水萤穿竹不停飞。
中宵能得几时睡，又被钟声催著衣。

◎项斯，唐代诗人，字子迁。《新唐书·艺文志》著录《项斯诗》一卷。

◎一夜难眠，耳畔尽是天籁。正待合眼时，钟声响起。出门但见僧人洒扫，斋饭飘香。

◎寒食访僧

[宋] 郑文宝

客舍愁经百五春，雨余溪寺绿无尘。
金花开处秋千鼓，粉頬谁家斗草人。
水上碧桃流片段，梁间新燕语逡巡。
高僧不饮客携酒，来劝先朝放逐臣。

◎郑文宝，宋代学者，字仲贤。著有《江表志》《南唐近事》。

◎雨后寒食，携一壶酒来访山寺老僧。怎奈人横陈规之间，反被劝了戒。眼底下，尽是落花流水，美人入梦。

◎寄钱郎中

[唐] 法照

闭门深树里，闲足鸟来过。
五马不复贵，一僧谁奈何。
药苗家自有，香饭乞时多。
寄语婵娟客，将心向薜萝。

◎法照，唐代高僧，净土宗四祖，著有《净土五会念佛诵经观行仪》。

◎老僧曾携杖云游，也曾林中参禅。见过贵人一骑绝尘，也仰视过密林驻足的山精，若问我心何属，还是山边飘落的薜荔之衣。

◎宿普圆寺二首·选一

［宋］赵企

仙巾鹤氅与云轻，晚出岩梯最上层。
复复陇头归去雁，阴阴松下远来僧。
风吹寒水光成叠，木落重峦碧有稜。
行到湖边归兴尽，画桥临水与谁凭。

◎赵企，宋代词人，字循道。官至礼部员外郎。

◎清风吹动木塔檐下风铃，飞过一行北归的雁，拍打翅膀，荡起一排涟漪。落脚处已然是湖畔尽头，可有佳人，愿共我一舟？

◎宿夹江寺

[明] 方孝孺

窗开觉山近，院凉知雨足。
淡月透疏棂，流萤度深竹。
心空虑仍澹，神清梦难熟。
起坐佛灯前，闲抽易书读。

◎方孝孺，明代文学家，字希直，号逊志。“靖难之役”时因不投降燕王而被杀。

◎萤火兜兜转转绕着竹林，一盏青灯伴随我，五识空空仍难安眠。卷书起身踱到禅房，佛光普照了泯然芸芸众生。

◎宿天界寺

〔明〕王思任

古寺白门边，寒风逗石烟。
松篁无俗径，钟磬有诸天。
岁晚难为客，官闲易入禅。
灯残僧别去，清梦竹相怜。

◎王思任，明代文学家，字季重，号遂东。著有《历游记》。

◎夜深了，小和尚捧着灯烛离去，徒留一室竹影与我相伴，却孤枕难眠。

◎宿真庆庵

［明］唐肃

落日古城阴，萧萧竹树深。
雨花知佛境，流水识禅心。
月到翻经榻，苔缘挂壁琴。
不因支许旧，那得遂幽寻。

◎唐肃，明代文人，字处敬，号丹崖。著有《丹崖集》。

◎流水绕心而过，琴在墙上生出绿意，惹来一片禅语。闲来许久，清风翻过梵册，榻上人正安眠，一室流光。

◎寄东塔僧

［唐］杜牧

初月微明漏白烟，

碧松梢外挂青天。

西风静起传深夜，

应送愁吟入夜蝉。

◎杜牧，唐代诗人，字牧之，号樊川居士。曾出任国史馆修撰，后出任节度使。著有《樊川文集》。

◎夜，一作“业”。蝉，一作“禅”。

◎一轮新月挂起纱帘，老僧还在念着梵经。小和尚已然入梦，只有窗外孤蝉和着音律。

何妨静习闲中趣，
欲问林僧结净缘。

零乱芭蕉影，
禅衣烂不收。

◎宿白盖峰寺寄僧

【唐】温庭筠

山房霜气晴，一宿遂平生。
阁上见林影，月中闻涧声。
佛灯销永夜，僧磬彻寒更。
不学何居士，焚香为宦情。

◎温庭筠，唐代诗人，字飞卿，一生潦倒穷困，终身未仕。

◎一盏孤灯在佛前燃了一夜，冰冷的风撕开了脸上温暖的伪装。有人在此转了几轮经，只为他此后的高官厚禄。

◎寄振上人无碍寺所居

【唐】皇甫冉

恋亲时见在人群，
多在东山就白云。
独坐焚香诵经处，
深山古寺雪纷纷。

◎皇甫冉，唐代诗人，字茂政。十岁便能文，与张九龄是挚友。

◎一片雪花掠过冉冉檀香，停留在老僧的衣角，化成水。

◎宿北山禅寺兰若

〔唐〕刘长卿

上方鸣夕磬，林下一僧还。
密行传人少，禅心对虎闲。
青松临古路，白月满寒山。
旧识窗前桂，经霜更待攀。

◎刘长卿，唐代诗人，字文房，被视为“大历诗风”的代表，其诗集被结集为《刘随州集》。

◎月升半山，恰好照耀了归僧，一片禅心上落满了寒霜。

◎宿半塘寺

【宋】赵与訔

夜宿半塘寺，惟闻塔上铃。
老僧行道影，童子诵经声。
竹密风犹劲，窗幽月愈明。
瓦炉香断处，一榻洒然清。

◎赵与訔，宋代诗人，字仲父，号菊坡。宋太祖赵匡胤十一世孙。

◎冬月的风吹透竹林，禅房内洒下一片月光。一炷香断，漫谈法华妙生莲。

◎宿僧寺

〔宋〕郑伯玉

亭宇无尘落叶天，
西风一榻称高眠。
夜深更爱松间月，
破碎清光落枕前。

◎郑伯玉，宋代诗人，字宝臣。著有《锦囊集》。

◎月光洒在清泉石间，却被松枝切割得四分五裂。它步履蹒跚，踱到我的枕上，一地惨白。

◎寄卫明府常见短靴褐裘又务持诵是以有末句之赠

【唐】司空曙

柴桑官舍近东林，儿稚初髫即道心。
侧寄绳床嫌凭几，斜安苔帻懒穿簪。
高僧静望山僮逐，走吏喧来水鸭沉。
翠竹黄花皆佛性，莫教尘境误相侵。

◎司空曙，唐代诗人，字文初，大历十大才子之一。

◎晨课毕，耳听得俗世叨扰，心念念墙角几株绿梅，莫沾染了红尘颜色。

◎宿僧院

〔唐〕赵嘏

月满长空树满霜，
度云低拂近檐床。
林中夜半一声磬，
卧见高僧入道场。

◎赵嘏，唐代诗人，字承佑。曾入仕为渭南尉。

◎月色如纱挂上了树梢，浮云低垂，轻抚着他的脸庞。钟声才响过二更，一僧飘然，雾气氤氲，升腾于道场。

◎宿巾子山禅寺

【唐】任翻

绝顶新秋生夜凉，
鹤翻松露滴衣裳。
前峰月映半江水，
僧在翠微开竹房。

◎任翻，唐代诗人，终身未第，放浪江湖中，以诗见长。

◎一阵秋风吹来，松针簌簌落了一地。江面上已升起了月儿，只见那竹影摇曳处，有一小僧推开山门来迎远方客。

◎送童子下山

〔唐〕金地藏

空门寂寞汝思家，礼别云房下九华。
爱向竹栏骑竹马，懒于金地聚金沙。
添瓶涧底休招月，烹茗瓯中罢弄花。
好去不须频下泪，老僧相伴有烟霞。

◎金地藏，俗名金乔觉。唐代高僧，坐化于九华山。

◎谁家来修行的小童儿啊，你归家去吧。莫让离别的泪水沾湿了衣襟，前路漫漫，切莫为老僧耽误了大好光阴。

◎道林寺

【唐】裴说

独立凭危阑，高低落照间。

寺分一派水，僧锁半房山。

对面浮世隔，垂帘到老闲。

烟云与尘土，寸步不相关。

◎裴说，唐代诗人，擅长书法，以行草知名于世。

◎烟云浩渺间，彼岸的佛寺与此世山水相隔，俗世的烟尘皆被老僧锁在了山外。

◎送乐平苗明府

【唐】司空曙

天际山多处，东安古邑深。
绿田通竹里，白浪隔枫林。
诗有江僧和，门唯越客寻。
应将放鱼化，一境表吾心。

◎枫林晚，送君千里，终将别。希望你以后的日子，诗作有僧对，敲门皆知己。

◎送无著禅师归新罗

【唐】法照

万里归乡路，随缘不算程。
寻山百衲弊，过海一杯轻。
夜宿依云色，晨斋就水声。
何年持贝叶，却到汉家城。

◎山水兼程，僧友终将去国。何时还能看到你再踩着那五彩祥云，再来到汉家？

◎送僧归严陵

【元】郯韶

春船上濑急，归路石溅溅。
白石百花静，清江初月圆。
偶逢林下叟，为话竹间禅。
明发遥相忆，青山生莫烟。

◎郯韶，元代诗人，字九成，自号云台散史。

◎月挂江头，花丛一片安眠。匆匆上岸，迎面来的是打柴的老叟。攀谈间，想起送归的故人，又不知是几时，才能与他把盏共话禅啊！

◎述意

［宋］陆游

忧患无穷生有涯，惟须百事屏纷华。
人谁敢侮修身士，天不能穷力穑家。
频唤老僧同夜粥，间从邻叟试秋茶。
结茅林下从来事，瓦屋三间已太奢。

◎此间吾所乐者，唯有清苦烹成的一盏秋茶，贫寒熬成的夜粥，唤邻家老僧前来同饮。

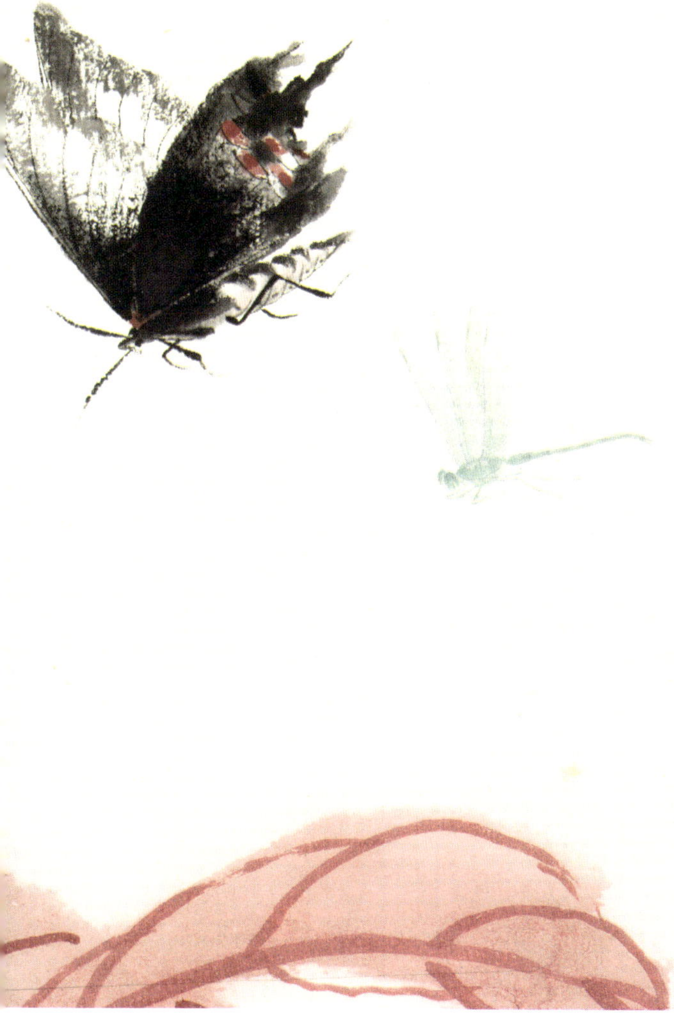

◎送僧之京师

【唐】皎然

绵绵渺渺楚云繁，
万里西归望国门。
禅子初心易凄断，
秋风莫上少陵原。

◎皎然，唐代诗僧，字清昼，本姓谢，为南朝宋谢灵运十世孙。有《皎然集》传世。

◎暮云缠缠绵绵延展至长安，我的心也飘飘然追随至此。一阵风吹过，恍然醒来，此身已在少陵原。

◎渔家傲·灯火已收正月半

【宋】王安石

灯火已收正月半，山南山北花撩乱。闻说洊亭新水漫。骑款段，穿云入坞寻游伴。

却拂僧床褰素幔，千岩万壑春风暖。一弄松声悲急管。吹梦断，西看窗日犹嫌短。

◎上元佳节，我踏着薄云遍寻残火。繁华散尽，徒留我一人拂过禅寺的轻纱帐，只余一曲箫瑟声，断人肠。

◎游庐山

［宋］范仲淹

五老闲游倚舳舻，碧梯岚径好程途。

云开瀑影千门挂，雨过松黄十里铺。

客爱往来何所得？僧言荣辱此间无。

从今愈识逍遥旨，一听升沉造化炉。

◎范仲淹，宋代政治家、思想家，字希文，是“庆历新政”的发起者。

◎大鹏扶摇直上，见过千丈坠落的瀑布，见过耸入云端的天梯，也见过雨后的人间轻烟。你问往来一趟收获如何，僧人却捻动佛珠，言色即是空。

◎游黄山次韵

【宋】程元岳

漫宿林间夜对床，钟鱼衍度几星霜。
月高花影频开画，风动松声自鼓簧。
人事悬知春日好，禅心不作少年狂。
重来为称裴公约，万绿阴中醅酒香。

◎程元岳，宋代诗人，字远甫，号山窗。著有《山窗集》。

◎满月在夜色中铺开，影影绰绰，几朵小花交错重叠。林间松针滑落，敲打着柔软的大地，其音宛如天籁。吾不是那禅定的老僧，携一壶老酒，与公尽兴。

◎渔父词·亮公

【宋】惠洪

讲虎天华随玉麈。波心月在那能取。旁舍老僧偷指注。回头觑。虚空特地能言语。

归对学徒重自诉。从前见解都欺汝。隔岸有山横暮雨。翻然去。千岩万壑无寻处。

◎惠洪，宋代僧人，字觉范。著有《冷斋夜话》。

◎拂尘一挥，扫去无数愁。穿越虚空，与老僧比语。指点间，西山落雨，浇灭一片热忱。预寻千岩万壑，此事却成空。

◎浪淘沙·山寺夜半闻钟

【宋】辛弃疾

身世酒杯中。万事皆空。古来三五个英雄。雨打风吹何处是，汉殿秦宫。

梦入少年丛。歌舞匆匆。老僧夜半误鸣钟。惊起西窗眠不得，卷地西风。

◎辛弃疾，宋代词人，原字坦夫，改字幼安，号稼轩。著有《稼轩长短句》。

◎推杯换盏时，三五两酒入喉。二四更枕梦，还是少年身。残垣断壁前，随风起舞。凄惘间，钟声四起。原来是那老僧不慎撞钟，一夜少年尽白头，卷起一地苍凉。

◎汉阳晚泊

[唐] 杨徽之

傍桥吟望汉阳城，山遍楼台彻上层。
犬吠竹篱沽酒客，鹤随苔岸洗衣僧。
疏钟未彻闻寒漏，斜月初沈见远灯。
夜静邻船问行计，晓帆相与向巴陵。

◎抬眼望见岸边台阶上浣衣的小僧，衣襟在河中畅游，带起一波涟漪。耳边漏刻滴答，又是一夜孤枕难眠。

◎湖上夜赋

【宋】陆游

清绝追凉地，平生得未曾。

似尝仙掌露，如嚼玉壶冰。

狂学菱舟曲，闲寻竹院僧。

更思生羽翼，散发醉巴陵。

◎饮下一壶浊酒，双眼蒙眬，凌空舞起胡旋。如露如电，扯过袈裟做羽衣，早登极乐。

◎游岳麓寺

[明] 李东阳

危峰高瞰楚江干，路在羊肠第几盘。
万树松杉双径合，四山风雨一僧寒。
平沙浅草连天远，落日孤城隔水看。
蓟北湘南俱入眼，鹧鸪声里独凭栏。

◎李东阳，明代著名内阁首辅，字宾之，号西涯。著有《怀麓堂稿》《怀麓堂诗话》等。

◎岳麓山巅风景无限，凭栏默然，凄风苦雨，海天一线。

◎沁园春·题像

【明】张肯

楚楚芳姿，是谁人扶上，徽娘卷中。恰金蝉委蜕，鬓云绿浅；翠蛾出茧，眉黛香浓。待月应真，迎风也似，算只欠墙花一树红。千年逝，水流云散，僧舍蒲东。

而今蓦地相逢，悄不似当年憔悴容。
正章台云雨，未丝杨柳；蜀江秋露，
初蕊芙蓉。一见魂消，再看肠断，方
信春情属画工。元才子，艳情娇传，
空费雕虫。

◎张肯，明代文人，字继孟，为宋濂弟子。著有《梦庵集》。

◎娇娘莺莺踏着轻盈的脚步，踱到禅寺，欣赏着满园娇花。哪曾想，遇到题诗的才子。是时，一度巫山，看遍天际云雨，终身私订了。

◎满江红·游南岩和范廓之韵

【宋】辛弃疾

笑拍洪崖，问千丈、翠岩谁削。
依旧是、西风白马，北村南郭。
似整复斜僧屋乱，欲吞还吐林烟薄。
觉人间、万事到秋来，都摇落。

呼斗酒，同君酌。更小隐，寻幽约。
且丁宁休负，北山猿鹤。
有鹿从渠求鹿梦，非鱼定未知鱼乐。
正仰看、飞鸟却应人，回头错。

◎寺檐破落，却刚好能遮蔽雨水。地动山摇处，我携一壶烈酒豪饮，老僧笑看棋盘，啜饮一杯茗。正是物换星移，非鸟亦非鱼。

◎湖上梅花

【明】陆承宪

不独山中有，还从湖上偏。
全将雪嶂影，倒尽玉湖天。
花落鸥群乱，香浮雨气鲜。
山僧开阁坐，相对一萧然。

◎陆承宪，明代诗人，和王樨登合著有诗集《梅花什》。

◎一缕幽香从湖上来，带着花瓣一起飘到了禅寺。捞起残魂，一声长吁：可叹谁家美人怜？

◎浪淘沙·纸帐素屏遮

【宋】刘克庄

纸帐素屏遮。全似僧家。无端霜月闯窗纱。唤起玉关征戍梦，几叠寒笳。

岁晚客天涯。短发苍华。今年衰似去年些。诗酒新来俱倚阁，孤负梅花。

◎病卧僧房里，素纸窗纱被吹开一角，丝丝清冷月光照进来。何来梅香扑面，一阵轻咳，眉眼皆红。

◎冬日旅怀

【唐】罗邺

乌焰才沉桂魄生，霜阶拥褐暂吟行。
闲思江市白醪满，静忆僧窗绿绮横。
尘土自怜长失计，云帆尤觉有归情。
几多怅望无穷事，空画炉灰坐到明。

◎罗邺，唐代诗人，人称“诗虎”。后人将其诗作集辑为《罗邺诗集》。

◎高僧窗前的绿绮早已布满灰尘，想回归大地的尘土只能随风流浪，空怅惘，坐画炉灰到天明。

◎冬日峡中旅泊

［唐］刘言史

霜月明明雪复残，
孤舟夜泊使君滩。
一声钟出远山里，
暗想雪窗僧起寒。

◎刘言史，唐代诗人，曾被授予枣强县令，人称刘枣强。著有诗词集六卷。

◎一夜孤寂，耳边回荡着遥远的钟声。恍惚间，老僧推开了积雪的窗，呼出一片霜雪的寒。

菩萨蛮·平生只被今朝误

[宋] 陈义

平生只被今朝误。今朝却把平生补。重午一年期。斋僧只待时。

主人恩义重。两载蒙恩宠。清净得为僧。幽闲度此生。

◎陈义，宋代词人，生平不详。

◎是哪座禅寺的仁善僧人啊，收留了我这样落魄的人。双手合十，仿佛我此生也成了小沙弥，青灯古佛，了却残生。

◎苏幕遮·秦渡坟院主僧觅

【元】王哲

善看经，能礼忏。金面胭脂，正好频频蘸。

转转殷红红不淡。色里全真，真里成清湛。

仗铅刀，擎汞錾。劈暗凿昏，迸出银霞艳。

万道霞光攒一点。般若波罗，得得无增减。

◎王哲，元代词人，一生创作诗词六十余首。

◎一手执贝叶，一手持金刚杵。诵经之声绕梁，电光幻影。口念般若者，正是慈悲者。

◎忆南中

【唐】谭用之

碧江头与白云门，别后秋霜点鬓根。

长记学禅青石寺，最思共醉落花村。

林间竹有湘妃泪，窗外禽多杜宇魂。

未棹扁舟重回首，采薇收橘不堪论。

◎谭用之，唐代诗人，字源远。一生仕途坎坷，不达意。

◎与君一别，展眼已入秋。犹记当年碧水江头，青石寺里摊开的梵册贝叶，更为惦念的还是与君醉卧林间，把酒言欢。叹今朝，鬓间华发，更不堪荷锄田间，又哪见湘妃泪、杜宇魂？

◎悼朝云

〔宋〕苏轼

苗而不秀岂其天，不使童乌与我玄。
驻景恨无千岁药，赠行惟有小乘禅。
伤心一念偿前债，弹指三生断后缘。
归卧竹根无远近，夜灯勤礼塔中仙。

◎这世间可有灵丹妙药，用来救我的僧友？这世间可有因果债务，用来偿清轮回？我只知，林间佛光点点，照亮了旧塔新魂 。

◎饭覆釜山僧

〔唐〕王维

晚知清净理，日与人群疏。
将候远山僧，先期扫弊庐。
果从云峰里，顾我蓬蒿居。
藉草饭松屑，焚香看道书。

燃灯昼欲尽，鸣磬夜方初。
一悟寂为乐，此生闲有余。
思归何必深，身世犹空虚。

◎王维，唐代诗人，字摩诘，号摩诘居士。其诗多长于咏山水田园，人称“诗佛”。

◎与老僧交谈间，佛灯燃尽，鸣磬宣告夜的开始。饮一杯甘露，方兴未艾。何谈归隐？

◎将赴吴兴登乐游原一绝

［唐］杜牧

清时有味是无能，
闲爱孤云静爱僧。
欲把一麾江海去，
乐游原上望昭陵。

◎爱远方的云，也爱僧人的清净，也只有我这种无能的太平君子了。你能给我一面旌旗吗？让我到江海去，复登上那乐游原，望一望远方的昭陵。

◎巽公院五咏·禅堂

［唐］柳宗元

发地结菁茅，团团抱虚白。
山花落幽户，中有忘机客。
涉有本非取，照空不待析。
万籁俱缘生，窅然喧中寂。
心境本洞如，鸟飞无遗迹。

◎柳宗元，唐代文学家，字子厚。一生诗文无数，工于散文，笔锋犀利。著有《河东先生集》。

◎万物在寂静中萌生，又在寂静中缘灭。山花飘过，落在佛的膝头，从此便染上无尽檀香。

◎绝句三首·其二

【宋】苏轼

此身分付一蒲团，
静对萧萧竹数竿。
偶为老僧煎茗粥，
自携修绠汲清泉。

◎偶然去泉边，便成了参禅，烹一杯茶，佛心四溢。

◎惠山寺与子羽话别

〔明〕华察

看山不觉暝，月出禅林幽。
夜静见空色，身闲忘去留。
疏钟隔云度，残叶映泉流。
此地欲为别，诸天生暮愁。

◎华察，明代诗人，字子潜，号鸿山。著有《皇华集》《翰苑留院集》等。

◎明月高悬，方知夜色已深。流云和着钟声流淌，荷塘只剩下一些残叶，漂浮一池的忧愁。是不是告别之期已来临？你看，这整个山寺都在挥泪。

◎感兴四首·其三

［宋］吴龙翰

闭门逃俗客，携酒过禅关。
灶古茶烟断，碑残雨藓瘢。
秋僧行影瘦，夜鹤病翎寒。
片月随人到，孤琴对佛弹。

◎吴龙翰，宋代诗人，字式贤，号古梅。著有《古梅吟叶》。

◎携一坛酒，落寞地在佛前沉睡，檀香已熄。他衣着单薄，对佛弹着琴。

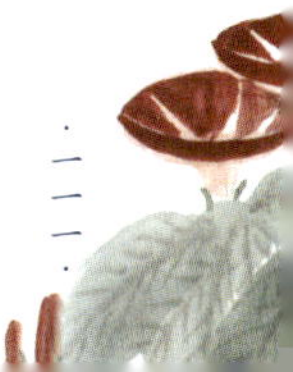

◎月林僧舍

【明】许相卿

月午天霜破衲寒，
梵音萧飒度林端。
经残香烬秋寥◎泬xuè，
时有风枝语夜阑。

◎许相卿，明代文人，字伯台。著有《史汉方驾》《革朝志》。

◎禅语绕过霜林，飘入云端。那位老僧，身上只有陈旧的衲衣，捻罢最后一丝烛光，经书在手中已翻了三个轮回。

◎柳州开元寺夏雨

〔宋〕吕本中

风雨潇潇似晚秋，鸦归门掩伴僧幽。
云深不见千岩秀，水涨初闻万壑流。
钟唤梦回空怅望，人传书至竟沉浮。
面如田字非吾相，莫羡班超封列侯。

◎吕本中，宋代诗人、词人、道学家，字居仁，世称“东莱先生”。著有《春秋集解》《紫薇诗话》等。

◎一夜秋雨，我于禅寺中入睡，醒来只有僧人陪伴。连绵的战火，截断了锦书。空怅惘，裹紧了衲被，梦中寻觅故乡的味道。

◎采桑子·题焦山僧房

[清] 孙枝蔚

老僧头白焦山顶，不管兴亡。
安稳禅床。卧对江南古战场。
客来坐久浑无语，饭熟茶香。
归路茫茫。水打空船月照廊。

◎孙枝蔚，清代诗人，字豹人，号溉堂。著有《溉堂集》。

◎空船在水面漂浮，梦中人在茶盏中看到了故乡。怎奈，换了人间，归去路迢迢。唯有老僧苦参禅，不问红尘。

◎故人寄茶

〔唐〕曹邺

剑外九华英，缄题下玉京。
开时微月上，碾处乱泉声。
半夜招僧至，孤吟对月烹。
碧沉霞脚碎，香泛乳花轻。
六腑睡神去，数朝诗思清。
月余不敢费，留伴肘书行。

◎曹邺，唐代诗人，字邺之。著有《艺文志》《经书题解》。

◎曹邺：一作“李德裕”。

◎泉水在枕边响了一夜，孤枕难眠，夜半起身听得老僧轻叩木鱼，我唱和。手中的书页随风翻了又翻，终是拿起难放下。

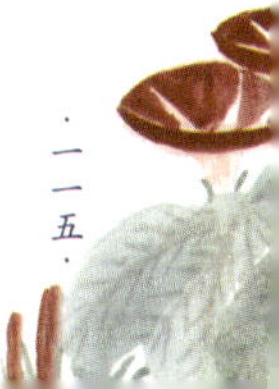

◎长安夜访澈上人

【唐】李郢

关西木落夜霜凝，乌帽闲寻紫阁僧。

松迥月光先照鹤，寺寒沟水忽生冰。

琤琤晓漏喧秦禁，漠漠秋烟起汉陵。

闻说天台旧禅处，石房独有一龛灯。

◎李郢，唐代诗人，字楚望，曾出任侍御史一职。

◎秋夜深了，我提着一盏小灯找寻紫阁的僧人。踏着霜露和寒冰，来到禅寺，却听闻高僧礼佛去了。

◎长安道上醉归

【明】袁中道

天阶十里雾濛濛，醉后依稀似梦中。

棲树寒鸦一背月，恋槽归马四蹄风。

棕榈暗暗藏禅寺，铃柝沉沉护汉宫。

讯罢驺人无一事，流星如火耀晴空。

◎袁中道，明代“公安派”代表，字小修。著有《珂雪斋集》。

◎雾蒙蒙的街上，我东倒西歪醉倒在禅寺门前，忽然一颗流星警醒醉人。

◎长安逢江南僧

〔唐〕崔涂

孤云无定踪，忽到又相逢。
说尽天涯事，听残上国钟。
问人寻寺僻，乞食过街慵。
忆到曾栖处，开门对数峰。

◎崔涂，唐代诗人，字礼山。著有《除夕有怀》。

◎只见他身披旧禅衣，手捧残钵。谁能想，他在那深山中修行，也曾坐看风起云涌？

◎赠休粮僧

[唐] 崔涂

闻钟独不斋，何事更关怀。
静少人过院，闲从草上阶。
生台无鸟下，石路有云埋。
为忆禅中旧，时犹梦百崖。

◎禅寺庭院，杂草掩盖着石子，有云浮过，三两僧侣匆匆而行。钟声惊起梦中人。

◎赠苦行僧

【唐】雍裕之

幽深红叶寺，
清净白毫僧。
古殿长鸣磬，
低头礼昼灯。

◎雍裕之，唐代诗人，曾数次参加科举未中，后追随潞州节度使李抱真。

◎你低头，木鱼声声清脆，吟出一段佛缘。

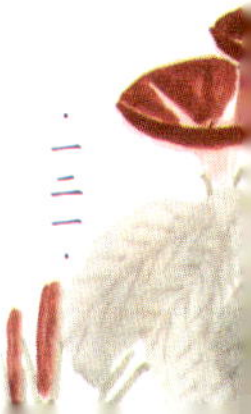

◎赠箕山僧

[唐] 张籍

久住空林下，长斋耳目清。
蒲团借客坐，石磴甃人行。
似鹤难知性，因山强号名。
时闻衣袖里，暗掐念珠声。

◎张籍，唐代诗人，字文昌，世称“张水部”。“新乐府”运动的积极倡导者，是韩愈的大弟子。

◎我在林间，偶遇蓑衣小僧，斗笠下是一张白净面庞。他眼含春水，颔首带笑，我却闻念珠声。

◎晚过狮子林兰若

【明】姚道衍

无地堪逃俗，乘昏复到林。
半山云遏磬，深竹雨留禽。
观水通禅意，闻香去染心。
叩门惊有客，想亦为幽寻。

◎姚道衍，即姚广孝，明代僧人，字斯道，号独庵老人。靖难之役的主要策划者。

◎烟雨朦胧，沾湿了倦鸟的翅膀。小僧刚锁闭山门，却有位误归的人，叩门借宿。

◎晚思

【明】汤珍

禅居日日对僧伽，暗里流年度物华。

碧涧云来生晚翠，青槐风过落轻花。

人闲自爱孤峰静，江近犹怜尺鲤赊。

心事有期途路远，可因流落赋怀沙。

◎汤珍，明代文学家，字子重，号双梧，世称“双梧先生”。著有《小隐堂诗草》。

◎一江之隔，落花掠过尺水。我路过你的高峰，心里却装着一池思绪，踟蹰不前，开始暗自垂泪，怀念讲禅的老僧。

◎早春题僧舍

[宋] 秦观

东园紫梅初破蕾，
北涧渌水方通流。
归去一春花月梦，
定应多在此中游。

◎秦观，宋代文学家，字少游，号邗沟居士。曾为国史馆编修，苏轼的弟子，其词多以婉约为主。

◎梅花落在梦里，归去否？一泓碧水荡漾，推散一轮圆月。

◎早秋寺居酬张侍御六韵见寄

【唐】喻凫

六十上清冥，晓缄东越藤。
山光紫衣陟，寺影白云凝。
湿叶起寒鸟，深林惊古僧。
微风窗静展，细雨阁吟登。
清韵岳磬远，佳音湖水澄。
却思前所献，何以豸冠称。

◎喻凫，唐代诗人，其创作诗文颇多，以诗闻名于世。

◎雨滴在湖心翩翩起舞，惊起圈圈涟漪。林中天籁惊扰了古寺的僧人，他驻足，猛然忆起自己前生也戴了一顶豸冠。

◎春江对雪

〔明〕杨基

春云作寒飞鸟绝，花雨纷纷暮成雪。
江山最好雪中看，况是东风二三月。
披蓑渔立柳边航，戴笠僧归竹外庄。
草暖尚迷双鹭白，树寒先露一莺黄。
我愁春雪看难久，重为江山更回首。
莫煮清贫学士茶，且沽绿色人间酒。

◎杨基，明代诗人，字孟载，号眉庵。著有《眉庵集》。

◎梨花雨落，飘散一地坠雪，飘飘洒洒，落满了拄杖老僧的斗笠。只消半日，飞雪散去，候鸟归来，嚷嚷一枝热闹。

◎点绛唇·小院新凉

【清】纳兰性德

小院新凉，晚来顿觉罗衫薄。
不成孤酌，形影空酬酢。
萧寺怜君，别绪应萧索。
西风恶，夕阳吹角，一阵槐花落。

◎纳兰性德，字容若，号楞伽山人，大学士明珠长子。曾主持编纂《通志堂经解》。

◎残阳还挂在天边，西风已然起，吹散多少离人泪。斟满酒，才想起对面早已空了席。飘落的槐花啊，你可为我去问一问，我那被老僧收留的旧友，加衣否？

◎看云

［唐］齐己

何峰触石湿苔钱，便逐高风离瀑泉。
深处卧来真隐逸，上头行去是神仙。
千寻有影沧江底，万里无踪碧落边。
长忆旧山青壁里，绕庵闲伴老僧禅。

◎齐己，唐代僧人，号衡岳沙门。著有《白莲集》。

◎踏至青苔深处，突然勾起了陈年旧忆，小僧也曾做过那白马寺里闲散的人。

◎初秋夜坐

[元] 赵雍

月明如水侵衣湿，
台榭沉沉秋夜长。
坐久高僧禅语罢，
淡然相对玉簪花。

◎赵雍，元代书画家，字仲穆，赵孟頫之子。传世作品有《兰竹图》《溪山渔隐》等。

◎与老僧饮茶共话，倏忽间，月光倾泻而下，旖旎了一室光影。

拨开宿火起炉烟，

留得余香伴夜禅。

◎白岩僧舍

〔宋〕徐照

佳景多为寺，一房当翠微。
炉香穿野霭，杉露滴僧衣。
割蜜蜂喧牖，抛生鸟候扉。
山深随兴味，斜日不须归。

◎徐照，宋代诗人，字道晖，号山民。“永嘉四灵”之一，终身未仕。

◎小僧踏着月光行走在翠微山头，杉树挂住了衣衫，似有几多难舍，落下些许泪水。鸟儿立在枝头，仿佛等小僧回归。然而何处才是小僧的归处？

白衣寺

［宋］郑会

白衣古寺瞰江流，
隔断红尘不记秋。
深羡老僧心入定，
禅房花木四时幽。

◎郑会，宋代诗人，字文谦，号亦山。著有《亦山集》。

◎江上白衣隔绝了一道红尘，时间凝固于青灯前，川流不息的是四季幽兰。

◎秋夕寄怀契上人

[唐] 皇甫曾

已见槿花朝委露，独悲孤鹤在人群。

真僧出世心无事，静夜名香手自焚。

窗临绝涧闻流水，客至孤峰扫白云。

更想清晨诵经处，独看松上雪纷纷。

◎皇甫曾，唐代诗人，字孝常。师出王维之门。

◎山涧的流水声将我唤醒，行走在这悬崖之边，只看到松间已积皑皑白雪。前一晚那诵经的僧人，又是在何处诵读经文呢？

◎秋夕

【唐】张乔

春恨复秋悲，秋悲难到时。
每逢明月夜，长起故山思。
巷僻行吟远，蛩多独卧迟。
溪僧与樵客，动别十年期。

◎张乔，唐代诗人，著有《书边事》。

◎最难挨的是故乡月明时，同我一起转过街角的是无边的寂寥。

◎秋郭小寺

【明】张治

短发行秋郭，尘沙记旧禅。
长天依片鸟，远树入孤烟。
野旷寒沙外，江深细雨前。
马蹄怜暮色，藤月自娟娟。

◎张治，明代名臣，字文邦，号龙湖，茶陵四大学士之一。曾参与修撰《明伦大典》，著有《龙湖文集》。

◎人至边塞，沙尘乘风而来。耳边却是湖畔小雨如酥，老僧讲禅。

◎和宿硖石寺下

〔宋〕赵抃

淮岸浮屠半倚天，
山僧应已离尘缘。
松关暮锁无人迹，
惟放钟声入画船。

◎赵抃，宋代名臣，官至参知政事。字阅道，号知非子。著有《赵清献公集》。

◎天边烟霞落幕，一抹暖色洒在塔尖。只可惜高僧得道，十指不染纤尘，空余钟声回荡在杨柳岸边。

◎和简叔

［宋］孙应时

绿阴庭户自生香，
燕子飞来话日长。
正有清风便午枕，
更无尘梦到禅房。

◎孙应时，宋代诗人，字季和，号烛湖居士。著有《烛湖集》。

◎头枕着清风，过堂的是春来的燕子。一夜好眠，隔绝俗世红尘。

◎和乐天早寒

〔唐〕刘禹锡

雨引苔侵壁，风驱叶拥阶。
久留闲客话，宿请老僧斋。
酒瓮新陈接，书签次第排。
◦翛xiāo然自有处，摇落不伤怀。

◎刘禹锡，唐代文学家，字梦得。曾入朝为监察御史，著有《刘梦得文集》。

◎瓮中接续的新酒打破了陈酿的悲伤，何苦要忧愁、离别、伤感？庆幸还有禅房可以躲雨，老僧刚捧来温热的斋饭。

◎和赠和龙妙空禅师

〔唐〕夏鸿

翰林遗迹镜潭前，孤峭高僧此处禅。
出为信门兴化日，坐当吾国太平年。
身同莹澈尼珠净，语并锋铓慧剑坚。
道果已圆名已遂，即看千匝绕香筵。

◎夏鸿，唐代诗人，与将领王继勋友善，有诗唱和。

◎时光流过，打磨了千年古刹，老僧在此坐化，手捻佛珠，檀香萦绕。

◎龙华山寺寓居十首·其二

〔宋〕王之望

斋饭来香积，钟声出翠筠。
僧投松径远，鸟下石坛驯。
茶摘春山嫩，泉烹雨涧新。
萧然烟篆室，处处喜留人。

◎王之望，字瞻叔，宋代诗人、词人、书法家。著有《汉滨集》。

◎晨钟响起，禅寺飘香，踏着僧人的足迹，漫步山林。既有远方的泉水，也有近处的清茶。一时轻烟盘旋，四处雅致。

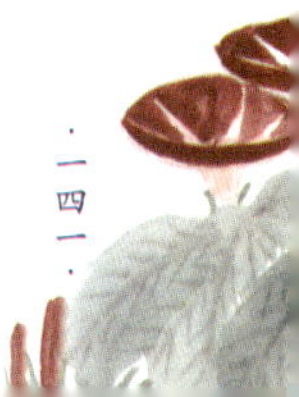

◎甘露寺

[五代] 孙鲂

寒暄皆有景，孤绝画难形。
地拱千寻崄，天垂四面青。
昼灯笼雁塔，夜磬彻渔汀。
最爱僧房好，波光满户庭。

◎孙鲂，五代时期南唐诗人，字伯鱼。曾与人开诗社，因《题金山寺》一诗名噪一时。

◎清晨，一束阳光照进禅房，或明或暗。雁塔被笼上了圣光，暗幽处的流水声，在房前弹奏了一夜。

◎碧湘门

〔宋〕陶弼

城中烟树绿波漫，几万楼台树影间。
天阔鸟行疑没草，地卑江势欲沉山。
人过鹿死寻僧去，船自新康载酒还。
闻说耕桑渐苏息，领头今岁不征蛮。

◎陶弼，宋代诗人，字商翁。著有《邕州小集》。

◎烟波叹，战场狼烟消散，只有僧人诵经超度。江船上载着今岁的贡酒，远方的田野上才长出新苗。

◎破山寺

【明】黄克晦

禅宫消歇尽，曲径故来幽。
日落乱松影，风回清涧流。
归禽栖入暝，古佛坐深秋。
徙倚堪昏黑，诸天不可留。

◎黄克晦，明代诗人，字孔昭，号吾野。著有《金陵稿》。

◎斜乱的松影打散了夕阳的影子，鸟雀降落在老僧肩头。他观望众生，眼含悲悯。夜幕披挂在他的身上，发出圣光。

◎鹧鸪天·次姜御史韵

［元］魏初

雨过鸡窗觉梦清。文书一束五更灯。
愁于饥鹊痴于鹤，闲爱孤云静爱僧。
人似月，酒如渑。几时别墅醉秋灯。
高情千古闲居赋，世故驱人不易能。

◎魏初，元代名臣，字太初，号青崖。著有《青崖集》。

◎吾欲居庙堂之高举经问禅，又喜高山流水。两难全，不如携酒归去。

◎登雪窦僧家

【唐】方干

登寺寻盘道，人烟远更微。

石窗秋见海，山霭暮侵衣。

众木随僧老，高泉尽日飞。

谁能厌轩冕，来此便忘机。

◎方干，字雄飞，号玄英。门人私谥他玄英先生，并将他的诗结成《方干诗集》。

◎薄暮侵蚀山寺，自此老僧的肩头生了菩提。

◎登山

[唐] 李涉

终日昏昏醉梦间，
忽闻春尽强登山。
因过竹院逢僧话，
又得浮生半日闲。

◎李涉，唐代诗人，自号“清溪子”，世称“李博士”。

◎《登山》：一作《题鹤林寺僧舍》。

◎赶走春困，进山去抓春天的尾巴。忽然经过一片竹林小院，有一小僧闲扫院中的落叶。与之攀谈中，浮生半日已然溜走。

◎登凤林寺钟楼作

【明】蓝智

楼悬青嶂迥，人到上方希。
古寺愁春雨，疏钟送夕晖。
道林孤迹远，法界一尘微。
坐久松风动，飞花落客衣。

◎蓝智，明代诗人，字明之。著有《蓝涧集》。

◎细雨微微，客从远方而来，翻过尘海，停驻在禅寺。春风吹过，衣襟便嵌上了几朵落花。

◎登岱四首·其四

【明】赵鹤

东皇祠下走灵氛，今古祈灵剩有文。

不断香灯千里至，有时钟磬四山闻。

雨声直过僧家竹，鸿影平低客路云。

却爱三人花底饮，不妨对影到斜曛。

◎赵鹤，明代学者，字叔鸣，号具区。著有《书经会注》《五经考论》等。

◎我独爱禅寺这片花影，斟两三杯小酒，与君共饮。哪管他禅香熏染，梵音震耳，也如同雨打竹，云遮眼。

◎自和山房十咏·选一

〔宋〕李曾伯

禅房寂寂夜昏昏，
相对长明一点灯。
举似新诗共僧话，
笑依绮语污溪藤。

◎李曾伯，宋代词人，字长孺，号可斋。著有《可斋杂稿》。

◎昏暗的禅房中，一首新诗交与故人，他双手合十，凝视片刻。烛火跳跃间，言笑晏晏，不亦乐乎。

◎题崇福寺禅院

[唐] 崔峒

僧家竟何事，扫地与焚香。
清磬度山翠，闲云来竹房。
身心尘外远，岁月坐中长。
向晚禅堂掩，无人空夕阳。

◎崔峒，唐代诗人，“大历十才子”之一。著有《崔峒诗》。

◎夕阳拉长了那佛前打坐的身影，时光流逝于他捻佛珠的手，他的身心皆已踏出三界之外。展眼，月华初上，禅院中无人，只有一抹夕阳。

◎题远公经台

［唐］祖咏

兰若无人到，真僧出复稀。

苔侵行道席，云湿坐禅衣。

涧鼠缘香案，山蝉噪竹扉。

世间长不见，宁止暂忘归。

◎祖咏，唐代诗人，王维好友。后归隐于汝水，终身不仕。

◎青苔爬上了入定老僧的衲衣，兰若已空，唯有老鼠偷食香火，蝉鸣搅扰竹林。

◎题长安酒肆壁三绝句

【唐】钟离权

其一

坐卧常携酒一壶，
不教双眼识皇都。
乾坤许大无名姓，
疏散人中一丈夫。

其二

得道高僧不易逢，
几时归去愿相从。
自言住处连沧海，
别是蓬莱第一峰。

其三

莫厌追欢笑语频，
寻思离乱好伤神。
闲来屈指从头数，
得见清平有几人。

◎钟离权，唐代道士，号云房先生，为后世八仙之一的原型。

◎蓬莱深处的高僧啊，你可否带弟子同往？抛却这俗世的纷繁离乱，直登极乐。

◎题甘露寺

[唐] 曹松

香门接巨垒，画角间清钟。
北固一何峭，西僧多此逢。
天垂无际海，云白久晴峰。
旦暮然灯外，涛头振蛰龙。

◎曹松，唐代诗人，字梦征。著有《曹梦征诗集》。

◎天边垂下茫茫一片白，僧人站在陡峭的山崖上，一缕佛光洒在他的肩头。一时钟声四起，禅寺燃起了灯火。

◎题紫微山上方

【唐】章孝标

地势连沧海，山名号紫微。
景闲僧坐久，路僻客来稀。
峡影云相照，河流石自围。
尘喧都不到，安得此忘归。

◎章孝标，唐代诗人，字道正，人称“孝标先生”。

◎那僧坐此久矣，他的身边是连绵的沧海。红尘俗世到此为止，中间相隔的，是忘川。

◎题山寺

【唐】杨衡

千峰白露后，云壁挂残灯。
曙色海边日，经声松下僧。
意闲门不闭，年去水空澄。
稽首如何问，森罗尽一乘。

◎杨衡，唐代诗人，字仲师。

◎我从海的远处走来，踏水乘风，相伴者唯有一杖一钵。一日间，看尽了人间世事。

◎题月山寺壁三首·选一

【宋】李处权

故国三千里，行藏岂问天。
雪峰明的的，水溜响涓涓。
指冻无完甲，琴寒有折弦。
老僧如木石，性静不须禅。

◎李处权，宋代诗人，字巽伯。著有《崧庵集》。

◎与故乡相隔甚远，携琴临溪而抚，指无完甲，琴无全弦，老僧如木如石，流水敲打出幽僻，遗落一片丹心。

◎题法院

［唐］常建

胜景门闲对远山，
竹深松老半含烟。
皓月殿中三度磬，
水晶宫里一僧禅。

◎常建，唐代诗人，仕途不得意，一生散漫恬淡。

◎素月在大殿中转了三轮，小沙弥已然在禅房熟睡。檀香萦绕，老住持手中的佛珠又转了一轮。

◎题清镜寺留别

【唐】陈羽

路入千山愁自知，
雪花撩乱压松枝。
世人并道离别苦，
谁信山僧轻别离。

◎陈羽，唐代诗人，官至东宫卫佐。

◎飞雪迷了眼，在山路上踟蹰，前路难行。离别的话尚未开口，老僧却先红了眼眶。

◎题山僧水阁

［唐］施肩吾

山房水阁连空翠，
沈沈下有蛟龙睡。
老僧趺（fū）坐入定时，
不知花落黄金地。

◎施肩吾，唐代诗人，字东斋，号栖真子。著有《西山集》。

◎夕阳斜照，老僧翻过贝叶，耳畔尽是般若，却未闻花瓣落地，金光照耀浮屠。

◎题兴化高田院桥亭

〔唐〕郑良士

到此溪亭上，浮生始觉非。
野僧还惜别，游客亦忘归。
月满千岩静，风清一磬微。
何时脱尘役，杖履愿相依。

◎郑良士，唐代诗人，字君梦。著有《白岩集》《中垒集》。

◎惜别之时，月光已爬满孤寺墙壁，清风吹过，一串风铃丁零作响。竹杖和芒鞋在禅房前轻轻发问：何时告别尘埃，落定于此？

白石

◎题清上人

【唐】司马扎

古院闭松色，入门人自闲。
罢经来宿鸟，支策对秋山。
客念蓬梗外，禅心烟雾间。
空怜濯缨处，阶下水潺潺。

◎司马扎，唐代诗人。著有《司马先辈集》。

◎故人洗涤战甲的沧浪之水还在汩汩流淌，百年禅寺静静伫立。客便如一缕蓬梗，飘零在飞升的檀香之间。但见据梧而瞑的贵人，隐在烟雾中。

◎题招提院静照堂

［宋］李大临

地胜堂新构，僧闲昼杜门。
山林谁乐静，城市亦非喧。
客到空弹指，风来不动幡。
只应常宴坐，对镜一无言。

◎李大临，宋代诗人，字才元。曾反对王安石变法，为“熙宁三舍人”之一。

◎一阵风来，吹动了我的心，经幡却岿然不动。抬眼望，明镜台上已布满尘埃。

◎题禅定寺集公竹院

【唐】鲍溶

公门得休静，禅寺少逢迎。

任客看花醉，随僧入竹行。

归时常犯夜，云里有经声。

◎鲍溶，唐代诗人，字德源，被尊为“博解宏拔主”。

◎乱花迷眼，惹人沉醉，不知不觉间便随老僧入了禅房。一盏茶歇，缥缈处传来悠远梵音。

◎题大禹寺义公禅房

【唐】孟浩然

义公习禅处，结构依空林。
户外一峰秀，阶前群壑深。
夕阳连雨足，空翠落庭阴。
看取莲花净，应知不染心。

◎孟浩然，唐代山水田园派诗人，名浩，字浩然，号孟山人。终身未仕，曾隐居鹿门山。

◎雨后的夕阳还披挂着水珠，树木的翠影映在禅房外的庭院中，义公捻珠而坐，岁月流转了一个轮回，莲花依旧纤尘不染。

◎题虔僧室

［唐］唐彦谦

何缘春恨贮离忧，
欲入空门万事休。
水月定中何所谓，
也颦眉黛托腮愁。

◎唐彦谦，唐代诗人，字茂业，号鹿门先生。著有《鹿门集》。

◎有没有一种简便的方法，让我可以把情绪打包，扔进空门？池水被推开一道缝隙，倒映着我皱眉托腮的样子。

◎题龙门僧房

［唐］刘沧

静室遥临伊水东，寂寥谁与此身同。
禹门山色度寒磬，萧寺竹声来晚风。
僧宿石龛残雪在，雁归沙渚夕阳空。
偶将心地问高士，坐指浮生一梦中。

◎残风卷起一地萧瑟，春雪犹在。老僧出门，清扫了一片红尘。翻一个身，这俗世，换了人间。

◎题灵岩寺

〔明〕陈汝言

灵岩之山山木稠，山僧结庵在上头。
苍松风里作龙吼，白云窗前如水流。
凭阑始悲人世迫，举目更感江山秋。
千年霸业俱陈迹，落日寒烟生客愁。

◎ 陈汝言，明代画家、诗人，字惟允，号秋水。有《荆溪图》《百丈泉图》等传世。

◎身居高处，苦不胜寒，谁悯世人艰？一叶知秋，老僧身披百衲，开始诵经消业障。

◎题云际寺准上人房

〔唐〕李端

高僧居处似天台，锡仗铜瓶对绿苔。
竹巷雨晴春鸟啭zhuàn，山房日午老人来。
园中鹿过椒枝动，潭底龙游水沫开。
独夜焚香礼遗像，空林月出始应回。

◎李端，唐代诗人，字正已，号衡岳幽人。今存《李端诗集》三卷。

◎旧年的雨水打湿了老僧的锡杖，也沾湿了烛台。九色鹿在林间跃动，惊醒了佛前安眠的狸猫。

◎虞美人·听雨

［宋］蒋捷

少年听雨歌楼上，红烛昏罗帐。
壮年听雨客舟中，江阔云低断雁叫西风。
而今听雨僧庐下，鬓已星星也！
悲欢离合总无情，一任阶前点滴到天明。

◎蒋捷，宋代词人，字胜欲，号竹山。著有《竹山词》。

◎台阶上跳跃着一个个的小音符，而我却再也没有欣赏的心思。独卧僧房，又想起那红纱帐内，舞姿曼妙，一派歌舞升平。

◎酬别襄阳诗僧少微

［唐］皎然

证心何有梦，示说梦归频。
文字赍秦本，诗骚学楚人。
兰开衣上色，柳向手中春。
别后须相见，浮云是我身。

◎折一枝柳，送别僧友；赠一捧兰，染汝衣色。若佛有缘，请汝昂首望天，刚好飘过的云，即是我来。

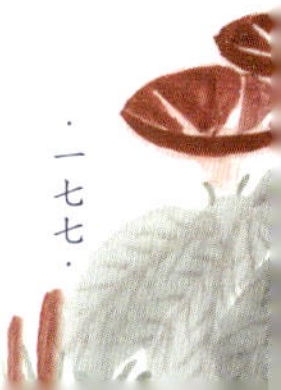

◎金陵十二钗正册——惜春

【清】曹雪芹

勘破三春景不长，
缁衣顿改昔年妆。
可怜绣户侯门女，
独卧青灯古佛旁。

◎曹雪芹，清代文人，字梦阮，号雪芹。著有《红楼梦》。

◎青灯一盏，倒映着一张清秀的面庞。谁能想，姑娘昔年住在绣楼，窗外也曾是一片春色。

◎雨夜

［宋］张咏

四檐寒雨滴秋声，
醉起重挑背壁灯。
世事不穷身不定，
令人闲忆虎溪僧。

◎张咏，宋代名臣，官至礼部尚书。字复之，号乖崖。纸币“交子”的发明人。

◎本想醉酒好眠，岂料雨敲落花，声声入耳，惊醒梦中人。闲暇时，想起某年河边偶遇的沙弥。

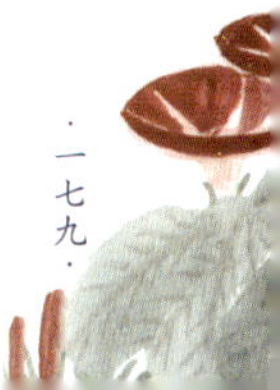

◎雷峰少憩

[宋]陈允平

倚塔看明月，寒光度玉绳。
曲堤藏小艇，疏柳见孤灯。
水竹映苔石，岩花缘涧藤。
香云吹散后，猿鹤伴高僧。

◎陈允平，宋代诗人，字君衡，号西麓。著有诗集《西麓诗稿》。

◎见崖边坠了花瓣儿，我便顺藤而下。忽而檀香拂过，流水在我脚侧缠绵悱恻，我寸步难行。

◎雪山和丹岩晚春韵十首·其十

【宋】卫宗武

面面青山悦客情，
扶筇（qióng）到处有云生。
归来瀹（yuè）茗陪僧话，
百尺乔松莺数声。

◎卫宗武，宋代词人，字洪父，自号九山。著有《秋声集》。

◎行到云深不知处，脚下生出清风，刹那间，已至穹庐。炉子上已煮好了茶，有僧友笑待客谈，耳畔尽是天籁。

山房水阁连空翠，
沈沈下有蛟龙睡。
老僧趺坐入定时，
不知花落黄金地。

◎题山僧水阁

〔唐〕施肩吾

证心何有梦，示说梦归频。
文字赍秦本，诗骚学楚人。
兰开衣上色，柳向手中春。
别后须相见，浮云是我身。

◎酬别襄阳诗僧少微

〔唐〕皎然

淡

◎登凤林寺钟楼作

【明】蓝智

楼悬青嶂迥，人到上方希。
古寺愁春雨，疏钟送夕晖。
道林孤迹远，法界一尘微。
坐久松风动，飞花落客衣。

僧